Be

La, si, do, place aux jumeaux!

Illustrations
de Daniel Dumont

la courte échelle
Les éditions de la courte échelle inc.

Les éditions de la courte échelle inc.
5243, boul. Saint-Laurent
Montréal (Québec) H2T 1S4

Conception graphique de la couverture:
Elastik

Conception graphique de l'intérieur:
Derome design inc.

Mise en pages:
Mardigrafe inc.

Révision des textes:
Lise Duquette

Dépôt légal, 2ᵉ trimestre 2002
Bibliothèque nationale du Québec

La courte échelle reconnaît l'aide financière du gouvernement
du Canada par l'entremise du Programme d'aide au développement
de l'industrie de l'édition pour ses activités d'édition. La courte échelle
est aussi inscrite au programme de subvention globale du Conseil
des Arts du Canada et reçoit l'appui du gouvernement du Québec
par l'intermédiaire de la SODEC.

La courte échelle bénéficie également du Programme de crédit d'impôt
pour l'édition de livres — Gestion SODEC — du gouvernement du
Québec.

Données de catalogage avant publication (Canada)

Gauthier, Bertrand

    La, si, do, place aux jumeaux!

    (Premier Roman; PR126)

    ISBN 2-89021-572-5

    I. Dumont, Daniel. II. Titre. III. Collection.

PS8563.A847L3 2002   jC843'.54   C2002-940605-6
PS9563.A847L3 2002
PZ23.G38La 2002

Bertrand Gauthier

Bertrand Gauthier a toujours aimé écrire. C'est lui le père des jumeaux Bulle, du petit Adrien, du tendre Zunik, de Mélanie Lapierre et, bien sûr, de la célèbre Ani Croche. Il est également l'auteur de deux romans pour les adolescents parus dans la collection Roman+. Bertrand Gauthier est le fondateur des éditions de la courte échelle. Très aimé des jeunes, il a reçu le premier prix au palmarès des clubs de lecture de la Livromagie pour *La revanche d'Ani Croche*, et il participe fréquemment à des rencontres dans les écoles et les bibliothèques. Plusieurs de ses livres sont traduits en anglais, en chinois, en grec et en espagnol.

Bertrand Gauthier est un adepte de la bonne forme physique. Il aime marcher au grand air et faire du vélo. Il adore aller au cinéma, au théâtre et découvrir ce qui est nouveau. Mais surtout, Bertrand Gauthier aime les histoires. De toutes les sortes: amusantes, étonnantes, bien ficelées, effrayantes ou émouvantes.

Daniel Dumont

Daniel Dumont est né en 1959. Il a étudié en design graphique et a ouvert son propre bureau en 1987. Son talent dépasse les frontières du Québec puisqu'il est également apprécié au Canada anglais et aux États-Unis. On retrouve ses illustrations dans des magazines, des manuels scolaires et des romans jeunesse. Et c'est avec passion qu'il parle de son métier aux élèves qu'il rencontre dans différentes écoles du Québec.

En dehors du dessin, Daniel Dumont aime marcher en montagne et partir en excursion pour quelques jours avec son sac à dos. Il a aussi deux enfants, Lola et Romain, qu'il adore. *La, si, do, place aux jumeaux!* est le cinquième roman qu'il illustre à la courte échelle.

Du même auteur, à la courte échelle

Collection Albums

Série Zunik:
Je suis Zunik
Le championnat
Le chouchou
La surprise
Le wawazonzon
La pleine lune
Le spectacle
Le dragon
Le grand magicien

Série Il était une fois:
La princesse qui voulait choisir son prince

Collection Premier Roman

Série les jumeaux Bulle:
Pas fous, les jumeaux!
Le blabla des jumeaux
Abracadabra, les jumeaux sont là!
À vos pinceaux, les jumeaux!

Série Adrien:
Adrien n'est pas un chameau

Collection Roman Jeunesse

Série Mélanie Lapierre:
Panique au cimetière
Les griffes de la pleine lune
Les ténèbres piégées

Série Ani Croche:
Ani Croche
Le journal intime d'Ani Croche
La revanche d'Ani Croche
Pauvre Ani Croche!
Le cent pour cent d'Ani Croche
De tout coeur, Ani Croche

Collection Roman+

La course à l'amour
Une chanson pour Gabriella

Bertrand Gauthier

La, si, do, place aux jumeaux!

Illustrations
de Daniel Dumont

la courte échelle

À *Julier et Olivien,*
des jumeaux jusqu'au bout
de leurs ombres.

Prélude en sol viennois

Vienne, en Autriche, huit heures.

Par ce matin gris, atterrissage en douceur d'un bolide 747 d'Air Symphonique. Aussitôt suivi des recommandations habituelles de l'hôtesse.

— Tous les passagers sont priés de garder leur ceinture bouclée jusqu'à l'arrêt complet de l'avion.

Le quart des trois cents passagers obéit. Un autre quart suit les directives à moitié. Et la dernière moitié? Elle fait la sourde oreille et bondit de son siège.

— Avant de quitter l'appareil, n'oubliez pas de prendre vos effets personnels, continue l'hôtesse dans le brouhaha. Merci d'avoir choisi de voyager sur les ailes d'Air Symphonique et bienvenue à *Wien, in Österreich.*

Ce voyage de Bé et Dé Bulle a une histoire.

Plutôt courte, mais fort enchanteresse.

Il y a deux mois, les parents Bulle se sont rendu compte que leurs fils adoraient jouer de la flûte. Avec leur accord, Pa et Ma les ont inscrits à *La passion des gammes.*

Chaque printemps, cette école de musique fait un tirage. Le grand prix de cette année: un séjour pour deux à Vienne afin d'assister à la première mondiale de l'opéra *La flûte enchantée*.

Le gagnant: le seul et unique Bé Bulle. Et qui choisit-il pour l'accompagner dans son odyssée viennoise? Nul autre que son frère, l'unique et seul Dé Bulle.

Pour veiller sur les jumeaux, Octavia Bémol, leur professeure de flûte. Un choix judicieux, car la musicienne est une habituée de

cette Vienne qu'elle se réjouit toujours de retrouver.

Maintenant que leurs passeports sont estampillés et leurs bagages récupérés, les jumeaux Bulle et Octavia Bémol se ruent vers la sortie.

Le coeur battant, car *Wien* les attend.

De même qu'un certain monsieur Bo Zar.

Ou plus simplement *Herr* Bo Zar.

Comme le disent tous ces Viennois qui parlent allemand.

1
Ballade en deux temps trois mouvements

Autoroute Wolfgang, à bord d'une Coccinelle dorée.

Au volant de sa voiture, en plus d'être un véritable moulin à paroles, *Herr* Zar ne cesse de gesticuler. De quoi affoler Octavia Bémol, assise à ses côtés.

Quand un virage se profile, la musicienne devient aussi tendue qu'une corde de violon. Au lieu de crier — elle ne tient pas à offusquer son hôte —, Octavia préfère se mordre les lèvres.

Sur la banquette arrière, Bé et Dé s'agrippent à leur siège, étrangers à ce que raconte *Herr* Zar. Jusqu'au moment où le ton de ce dernier monte de plusieurs crans.

— Au lieu de mettre la touche finale à *La flûte enchantée*, figurez-vous que mon fils Mo baye aux corneilles devant notre beau Danube bleu. À ce rythme de tortue, son opéra se nommera bientôt *La flûte désenchantée*.

Pour Bé et Dé, il est difficile de croire à ce scénario. Le célèbre Mo Zar a la réputation de mener ses projets à terme et de collectionner les chefs-d'oeuvre.

— Cette *Flöte* lui a été commandée par le maître de concert Franz von Chouvertzen, reprend

Herr Zar. Et je vous assure que ce *Konzertmeister* Chouvertzen n'entend pas à rire avec les retardataires.

Intrigués, Bé et Dé échangent leurs impressions.

— Creas-tu, Bó, quo co miâtro do cencort ost lo gonro ì paquor uno celòro iu meandro centrotomps?

— Sa tu voux men ivas, Dó, en no tirdori pis ì lo sivear.

En plus de s'adonner à la flûte, les jumeaux Bulle sont des virtuoses du blabla, un charabia qu'ils ont inventé. Pour comprendre ce charivari, il y a une seule clef et elle est à votre portée.

Au gré du blabla
E, i, o et a
Se muent sans chichi
En o, a, e, i.

Maintenant que blablater n'est plus un mystère, revenons à *Herr* Zar qui s'agite de plus en plus.

— Ce Chouvertzen est mon patron et si sa colère se retourne contre moi, je risque de perdre mon emploi de maître de chapelle. Que vais-je devenir si je n'organise plus de concerts? Sans mon travail de *Kapellmeister*, ma vie n'a plus aucun sens.

Pour compléter sa pensée, le chauffard se tourne brusquement vers les jumeaux.

— La semaine dernière, mon fils Mo était à son piano jour et nuit. Dans sa maison de l'avenue Constance-Weber, il s'agitait, pianotait, fredonnait, griffonnait, faisait même des blagues. Mais le plus important, c'est qu'il composait. Tandis que là...

Le cri du coeur d'Octavia Bémol est suivi d'un brusque coup de volant du maître de chapelle. De retour dans le droit chemin, *Herr* Zar continue plus calmement à exprimer son désarroi.

— Remarquez, je comprendrais le maître de concert d'être furieux. Confronté à un tel retard, n'importe quel *Konzertmeister* sortirait de ses gonds.

Déconcertés, Bé et Dé manifestent leur inquiétude.

— Crois-tu que ce *Konzertmeister* Chouvertzen mesure trois mètres et des poussières? Qu'il arbore une verrue mauve à la joue droite et un oeil monstrueux sur le front? Qu'il a un rire aussi terrifiant que celui de Barbe-Bleue?

— Je ne sais pas, répond Dé. Mais une chose est certaine, *Herr* Zar le voit comme un loup menaçant la bergerie.

Dès lors, les jumeaux Bulle imaginent le pire.

Devant un petit lutrin: le grand Franz von Chouvertzen. Dans sa

main de maître de concert: non une mince et délicate baguette, mais un sabre massif et inquiétant.

Et malheur aux musiciens distraits qui confondent la clef de sol avec une clé des champs. Ou aux étourdis qui enchaînent deux notes sans faire la demi-pause exigée.

Ces infortunés risquent fort que le *Konzertmeister* Chouvertzen leur indique le chemin de la bergerie. Là où les attend une meute de loups qui se lèchent déjà les babines.

En quittant l'autoroute Wolfgang, *Herr* Zar ralentit. Lui, sa Coccinelle dorée, les jumeaux Bulle et Octavia Bémol se baladent maintenant dans les rues de Vienne.

Cette *Wien* qui retient son souffle.

Dans l'ultime espoir que le maestro Mo Zar retrouve le sien.

2
Variations sur les maux de do de Mo

Maison des Zar, midi.

Au salon, madame Ba, la mère de Mo, converse avec Octavia Bémol. À leurs côtés, *Herr* Zar ne dit mot, rongé par l'inquiétude de perdre son emploi et la crainte de voir son fils devenir la risée de Vienne.

Pour quelques instants, quittons les parents Zar et Octavia Bémol. Le temps de nous diriger vers la cuisine où la sœur de Mo se confie aux jumeaux.

— Il y a un mois, explique Bi Zar, j'ai fouillé dans les replis du nombril de mon frère. Et je peux vous assurer que cette soudaine panne d'inspiration n'était pas visible.

Cet aveu fait, la jeune soeur de Mo se précipite vers le salon, laissant les jumeaux seuls et pantois.

Prédire l'avenir en lisant dans une boule de cristal, Bé et Dé savent que des gens y croient. Interroger des rois de coeur ou des dames de pique qui jouent les prophètes, leur mère prend plaisir à le faire.

Étudier la configuration des astres pour y déduire ce qui nous pend au bout du nez, cette démarche est répandue. Établir la longévité d'une personne en scrutant les lignes de sa main, leur tante Flo se vante d'y arriver.

Explorer les replis d'un nombril afin de prévoir ce que nous réserve la vie? Jusqu'à aujourd'hui, les jumeaux Bulle ignoraient tout de cette pratique.

— Il semble que les nombrils viennois soient plus bavards que ceux de Montréal, murmure Dé à son frère.

— Peut-être que si on se baigne dans leur beau Danube bleu, nos nombrils montréalais vont se dégêner.

Quand l'exploratrice de nombrils réapparaît, les jumeaux croient avoir des hallucinations. Arborant un masque, Bi ressemble à s'y méprendre à son frère Mo.

Sauf pour la voix qui demeure inchangée.

— Dans l'espoir de le stimuler, j'ai entraîné mon frère dans un cimetière, lieu des plus purs silences. Mo a toujours aimé ces petites pauses qu'il glisse un peu partout dans ses oeuvres.

Lors de cette visite, Bi Zar portait-elle le même masque? Cette question restera sans réponse, ni Bé ni Dé ne l'ayant posée à la personne masquée.

— L'endroit a inspiré mon frère, mais pas comme je l'aurais souhaité. Au milieu des pierres tombales, Mo a composé une complainte sur la mort de son inspiration. Si vous voulez l'entendre, vous n'avez qu'à me suivre.

Les jumeaux bondissent de leurs chaises et vont prendre place sur un des divans du salon. S'accompagnant au piano, Bi se

lance dans l'interprétation de la litanie du maestro Mo.

Les do et les ré, les la et les si
sont devenus mes pires ennemis.
Les sol et les fa, les do et les mi
dans ma tête ne logent plus leur nid.
Rondes notes, pourquoi avoir quitté
celui qui vous a toujours tant aimées?

Le dernier mot soupiré et la note finale frappée, madame Ba s'approche du piano. À son tour, *Frau* Ba entre dans la valse des explications.

— Mercredi dernier, j'ai raconté à mon fils la vie tumultueuse de notre lointain cousin Cé Zar. En m'attardant sur sa passion pour Cléopâtre, la belle Égyptienne au nez si irrésistible.

Cé Zar et Mo Zar, des cousins?

Impossible à deviner et encore plus difficile à croire.

— Au moment le plus passionnant du récit, quand Cé déclare son amour à Cléo, Mo s'est mis à ronfler. Depuis qu'il est tout petit, mon fils adore pourtant cette histoire.

Dans cette famille Zar, les bizarreries semblent monnaie courante. Mais cette fantaisie zartienne est loin de déplaire aux jumeaux Bulle.

— Vous ne trouvez pas qu'il y a de quoi décourager la plus bienveillante des mères qui ad...

— Avant toute chose, chers amis Zar, l'interrompt Octavia Bémol, je voudrais vous remercier de nous accueillir aussi gentiment.

En coupant la parole à *Frau* Ba, la musicienne espère mettre un terme à ce déversement de nostalgie. Sans se préoccuper de Bé et Dé, elle poursuit. Cette fois, la professeure Bémol se mêle de ce qui ne la regarde pas.

— Je vous en prie, cessez de vous inquiéter pour votre fils. Les frères Bulle n'ont pas fait ce voyage pour rien et ils vont aider Mo. N'est-ce pas, les garçons?

Bé et Dé en restent bouche bée.

Ils aimeraient courir à la rescousse de Mo Zar, cela va de soi. Mais comment faire? Bé et Dé n'en ont pas la moindre idée.

Les jumeaux auraient préféré que leur professeure soit plus timide et moins téméraire. Cependant, ils ne peuvent en vouloir à

Octavia Bémol de son zèle excessif.

Après tout, c'est grâce à elle que Bé et Dé verront scintiller le beau Danube bleu. Ce fleuve réputé dans lequel ils auront bientôt l'occasion de se baigner.

Au rythme de ces valses enjouées qui font le renom de Vienne. De ces pièces composées par la famille Walzerstrauss pour qui la valse a toujours été la plus virevoltante des passions.

Ou encore, sait-on jamais, Bé et Dé nageront sur la musique de *La flûte enchantée*. Cette *Flöte* tant attendue, le maestro Mo Zar parviendra sûrement à y mettre sa touche finale.

Afin que son père *Herr* Zar retrouve sa verve.

Et que l'accueillante Vienne ne sombre pas dans un profond désenchantement.

3
Opéra en répétition majeure

Le lendemain matin, réveil des jumeaux.

À Vienne ou ailleurs, se souvenir vaguement de ses rêves va de soi. Par contre, les raconter dans leurs moindres détails n'est pas de tout repos.

— Je volais, commence Bé, mais pas sur les ailes d'Air Symphonique. Assis dans une fusée en forme de flûte, je traversais l'espace à vive allure. Et le vent

sifflait dans mes oreilles des airs
que je ne connaissais pas.

— Moi, je flottais sur le beau
Danube bleu, réplique Dé. À mes
pieds, j'ai senti la chaleur d'une
présence. Dans ma tête, l'image
est vague, je crois que c'était une
sirène. Oui, oui, plus j'y songe,
c'était bien une sirène.

— Est-ce que ton rêve était en couleurs? s'informe Bé.

— Si le beau Danube était bleu? Je n'en suis pas sûr. La sirène, par contre, scintillait des plus vives couleurs. Quand je suis sorti de l'eau, mon corps était couvert d'écailles et ruisselait de lumière.

— Chanceux! Le mien était en noir et blanc. Par contre, je pense qu'il était parlant. Musicalement parlant, on s'entend.

— Mon rêve était aussi muet qu'un choeur de carpes, ajoute Dé, en sautant en bas du lit.

Bé et Dé poursuivent cet échange jusqu'au moment où la panne d'inspiration du maestro Mo revient sur le tapis. En plus de les faire rêver, cette première nuit en sol autrichien aurait-elle porté conseil aux jumeaux?

— Ouróki, Bó, jo creas ivear treuvó.

— Mea iussa, j'ia un plin, lui répond Bé.

Pour les curieux, mauvaise nouvelle: ce plan des Bulle doit demeurer secret. La consigne vient des jumeaux et elle est stricte: oreilles de lecteurs non admises. Du même souffle, Bé et Dé ajoutent que toute patience sera récompensée.

Si les jumeaux ont décidé d'aider le compositeur, c'est qu'ils tiennent mordicus à assister à la première mondiale de *La flûte enchantée*. Ils seraient peinés que leur aventure viennoise se termine sur une fugue pour orchestre sans partition.

Convaincus que leur mission MUSE saura ramener le maestro à son piano, Bé et Dé s'habillent en vitesse. Après avoir attrapé quelques brioches au passage, ils se dirigent vers le beau Danube bleu.

Heureusement, le cours d'eau est situé près de la résidence des Zar. À cette heure matinale, la plage étant peu fréquentée, Bé et Dé ne tardent pas à repérer le compositeur.

Étendu sur le sable, Mo Zar contemple les cirrus, nimbus et autres nuages non identifiés. En

catimini, les jumeaux s'appro-
chent du musicien. Au dernier
instant, le doute les saisit: les *si* et
les *la* seront-ils au rendez-vous?

Il est trop tard pour reculer, le
rideau se lève.

Place au premier acte de l'opéra *La muse enchantée* dont le livret a été écrit par les jumeaux Bé et Dé Bulle.

Bé porte la flûte à ses lèvres et joue *Au clair de la lune, mon ami Pierrot*. De toute façon, il serait incapable d'exécuter une autre pièce.

Pendant ce temps, Dé couvre son visage avec le masque emprunté à Bi Zar, la soeur de Mo. Et sur les rives du beau Danube bleu, il se met à chanter.

Douce et tendre Muse
Fa, sol, la, si, do
Fais que Mo s'amuse
Sol, fa, mi, ré, do...

Cinq minutes passent et le maestro Mo ne réagit toujours

pas. Deux cents secondes plus tard, son visage s'empourpre.

Finalement, neuf minutes, trente-trois secondes et quelques tic-tac après le début de ce concert sous les strato-cumulus, le prodige bondit.

— Allez dire au maître de concert Chouvertzen que j'ai perdu le goût de la musique, lance-t-il d'une voix éraillée. Il vous envoie en éclaireurs, je ne me trompe pas?

Comme ils se l'étaient juré, Bé et Dé ne se laissent pas distraire. Une fois amorcé, leur opéra doit filer sans souffrir le moindre intermède. Même si, pour cela, certaines questions doivent rester sans réponse.

— La plage est grande, pourquoi n'allez-vous pas jouer plus

loin? ajoute le compositeur d'un ton irrité. J'aimerais flâner en paix, est-ce trop demander aux émissaires du *Konzertmeister* Chouvertzen?

Bé et Dé sont ravis de la réaction de Mo Zar. Leur tactique visait justement à faire sortir le maestro de sa torpeur en lui tombant musicalement sur les nerfs.

Vue sous cet angle, la mission MUSE se déroule jusqu'ici sans la moindre fausse note. Le temps est venu d'enchaîner avec le deuxième acte de *La muse enchantée.*

Toujours la même comptine. Mais cette fois, *Au clair de la lune, mon ami Pierrot* est interprété à la flûte par Dé. Et sous le masque de Bi, la voix de Bé remplace celle de son frère.

... Afin que sa flûte
Fa, sol, la, si, ut
En soit enchantée
La, si, do, do, ré.

Au lieu de s'arracher les cheveux, le maestro choisit de s'enfuir. Mais la ténacité des jumeaux est à toute épreuve.

En pourchassant le compositeur, Bé et Dé augmentent la ca-
dence. Dé multiplie les fausses
notes et la performance vocale de
Bé devient encore plus insuppor-
table.

Se bouchant les oreilles, le
compositeur court comme un for-
cené. Avec un soupir de soula-
gement, les jumeaux le voient
disparaître dans sa maison de
l'avenue Constance-Weber.

— Miantonint, paine ot rendos
netos, ì veus do jeuor, dit Dé, en
reprenant son souffle.

— Ot quo lo clivaor do Me on
seat onchintó, ajoute Bé, en en-
levant son masque.

Flûtes et masque pressés sur
leur coeur battant, Bé et Dé re-
tournent vers les rives du beau
Danube bleu.

Heureux que leur mission MUSE se déroule comme prévu.

Et confiants qu'un rideau finira bientôt par se lever.

Sur une première note symphoniquement enchantée.

4
Suite pour chevaux
bien orchestrés

Capitale autrichienne, soir de première.

Qu'ils se connaissent ou pas, les habitants de Vienne vibrent au même diapason. Du simple amateur de musique à la mélomane la plus avertie, personne n'échappe à cette fièvre enchanteresse qui flotte sur la ville.

Quant à *Herr* Bo Zar, il a deux bonnes raisons de jubiler. La première est que son fils a réussi à terminer son oeuvre. La deuxième, et non la moindre, est qu'il conserve son poste de maître de chapelle.

— Holà! cocher Köchel, je vous prie de nous emmener où vous savez que nous allons.

— Veuillez considérer, *Herr Kapellmeister* Zar, que vous y êtes déjà.

Trois Zar, deux Bulle et une Bémol montent à bord de la voiture. Dès que les chevaux se mettent à trottiner, *Herr* Zar sent le besoin d'éclairer ses invités.

— Ce cocher Köchel est le grand spécialiste du transport vers l'opéra. D'ailleurs, il dessert uniquement cette destination, à l'aller comme au retour.

Sur les trottoirs et dans les rues, des milliers de piétons se pressent en direction de l'opéra. Quand les regards des jumeaux se croisent, une question leur brûle les lèvres: tous ces gens se précipitent-ils vers la première tant attendue?

Au même moment, sans tambour ni trompette, le cocher Köchel abandonne les guides de sa voiture. Pour se glisser entre des

jumeaux étonnés de voir surgir le conducteur de leur carrosse.

— Ne vous inquiétez pas, Sonate et Sonatine n'ont pas besoin de moi. Mes fidèles chevaux ont l'habitude de se rendre à l'opéra les yeux fermés.

En écoutant le cocher Köchel, Bé et Dé songent à leurs parents. Ils ont hâte de raconter à Pa et à Ma que des chevaux téléguidés foulent les pavés de Vienne.

— Sonate et Sonatine ont fait leurs classes à l'école Métronome, reprend le voiturier. C'est là qu'ils ont appris que tous les chemins mènent à l'opéra.

À la vue de l'*Opernhaus*, le cocher Köchel retourne à son poste. Il veut éviter à ses valeureux trottineurs de s'engouffrer dans un embouteillage. Les soirs de première, le voiturier tient à déposer ses passagers devant la porte de l'opéra.

Juste au pied de l'incontournable tapis rouge.

Une demi-heure avant le début du spectacle, le hall du théâtre est déjà bondé. Au point où se faufiler dans cette foule relève de l'exploit.

— Puisqu'une loge nous attend dans les balcons, lance monsieur Zar, allons-y de ce pas.

À l'opéra, les loges sont nombreuses. Pour atteindre celle réservée aux Zar et à leurs invités, il faut gravir plusieurs escaliers en forme d'étroits colimaçons.

— Nous y sommes enfin, s'exclame *Herr* Zar, essoufflé par cette escalade peu habituelle.

Située entre celle des Chou-vertzen et celle des Walzerstrauss, la loge offre une vue imprenable sur la scène. Programme de la soirée en main, Bé et Dé se pré-cipitent vers leurs sièges.

Mais que viennent d'aperce-voir les jumeaux pour se changer subitement en statues de sel? Un hippopotame dansant le menuet? Une pieuvre jouant du clavecin?

Un corbeau dirigeant un choeur de chauves-souris?

Non, Bé et Dé n'ont rien vu d'aussi époustouflant.

Ils se retrouvent plutôt à portée de main d'un homme qu'*Herr* Zar vient de leur présenter. Frigorifiés par la réputation de Franz von Chouvertzen, Bé et Dé retiennent leur souffle.

Dès que le maître de concert leur serre la main, la glace se fendille. Loin de mesurer trois mètres et des poussières, le *Konzertmeister* est de taille moyenne. En fait, sans sa perruque mais avec ses souliers, il ne dépasse pas *Herr* Zar.

En vain, Bé et Dé cherchent son oeil monstrueux sur le front. Qu'est devenue la verrue mauve qui devrait orner sa joue droite?

Et qu'attend ce Barbe-Bleue viennois pour glacer l'atmosphère de
son rire terrifiant?

— Maintenant, je dois vous
quitter, dit le pas du tout terrible

Franz von Chouvertzen. Vous comprenez, pour un *Konzertmeister*, les premières ne sont jamais de tout repos.

Passant devant leur loge, Franz von Chouvertzen salue les Walzerstrauss. Comme s'il avait oublié quelque chose, il fait demi-tour et revient vers les Zar et leurs invités.

— J'allais partir sans vous souhaiter un bon spectacle, s'excuse le *Konzertmeister*. Et que la nouvelle oeuvre du maestro ne cesse de vous enchanter!

Bientôt, trois, deux, un.

En attendant le lever de rideau, les gens jacassent, toussotent, chuchotent, se mouchent, se grattent et s'épient. Pendant ce temps, les musiciens de l'orchestre accordent leurs instruments.

Dès qu'apparaît le maestro Car van Karavan, cette cacophonie cesse. Dos au public, le chef d'orchestre frappe de sa baguette le lutrin placé devant lui. Par ces petits coups saccadés, il indique qu'il est prêt à attaquer l'oeuvre.

À la stupeur générale, le chef Karavan fait volte-face et les gens recommencent à chuchoter et à s'épier. Du haut de son pupitre, le maître réclame le silence, car il veut prendre la parole.

— Avant de nous envoler sur les ailes de *La flûte enchantée,* j'inviterais son compositeur à venir nous rejoindre.

Surgissant des coulisses, le maestro Mo reçoit une volée de hourras et de bravos.

— Je remercie tous mes proches qui n'ont cessé de m'en-

courager, commence le compositeur. Mais surtout, je m'en voudrais d'oublier les tenaces jumeaux Bé et Dé Bulle qui m'ont sorti de ma torpeur.

Certains projecteurs s'animent, à la recherche de la loge des Zar.

— En me pourchassant, ces garçons m'ont poussé à courir me réfugier devant mon piano.

Malgré leur jeune âge, ils ont compris une chose: pour créer, il ne suffit pas d'être inspiré, il faut aussi suer.

Tout en soupirant, le maestro Mo se tourne vers le chef Karavan qui lui tend un mouchoir. Après s'être épongé le front, il continue son éloge.

— Sans ces musiciens en herbe, je n'aurais pas encore mis la note finale à *La flûte enchantée*. Je souhaite donc longue vie aux jumeaux Bulle dans l'univers des *si* et des *la*, lance le maestro, en se glissant vers les coulisses.

Au moment où s'illumine la loge des Zar, les applaudissements fusent. Pendant que les trois Zar et Octavia Bémol saluent la foule, Bé et Dé restent à l'arrière. Les spectateurs aperçoivent à peine le bout de leurs nez, rougis par la timidité.

Dès les premiers accords de *La flûte enchantée,* Mo Zar a déjà quitté l'enceinte où il vient de triompher. Quand le cocher Köchel l'aperçoit, il l'invite à monter dans sa voiture.

Cette fois, ce seront Allégro et Allégretto qui ramèneront le compositeur vers son piano.

Se rendre à l'opéra est une spécialité. En revenir en est une tout autre qu'Allégro et Allégretto ont perfectionnée en fréquentant l'école Pianoforte.

Dans cette institution, les chevaux apprennent que tous les chemins partent de l'*Opernhaus* et peuvent mener aux quatre coins de la planète bleue.

Ou vers une prochaine oeuvre déjà promise à un *Konzertmeister.*

Mais à une foule de soupirs d'être achevée.

Finale à l'unisson

Dimanche matin, fin juin, par un soleil éclatant.

Dehors, les oiseaux s'égosillent, les chiens se mordillent et les brindilles s'entortillent. Dans les maisons, les chats roupillent, les bébés frétillent et les enfants sautillent.

Alors que fourmille toute cette vie, Pa et Ma savourent leur jus d'orange. Le coeur pétillant, dévorant des yeux les gâteries achetées chez *Strudels, brioches et autres viennoiseries.*

En somme, la vie est belle.

Ou, comme le diraient les fiers Viennois, *das Leben ist schön*.

Pendant que Bé et Dé interprètent *À la claire fontaine, m'en allant promener*, Pa et Ma s'amusent à modifier les mots de ce classique.

À la claire musique
Nos fils s'en sont allés
Musique était si belle
Qu'ils s'en sont régalés.
Depuis longtemps on vous aime
Jamais on ne vous oubliera.

Parfois, les parents Bulle se permettent d'énigmatiques envolées en blabla. Que seuls les blablatiens et les bliblitaonnos avertis peuvent décoder sans faire de chichi ou de fla-fla.

Dovint lo boiu Dinubo
Neus veudraens illor
Peur y paquo-naquor
Ot plengor dins sos oiux.
Al y i lengtomps quo l'en s'iamo
Ot jimias en no s'eublaori.

Quand les jumeaux Bulle soufflent dans leurs flûtes, leurs parents en sont enchantés. Plus que jamais, Pa et Ma sont convaincus que leurs fils débordent de talent.

— Trouves-tu qu'ils ont fait des progrès? murmure Ma.

— Des progrès philharmoniques, répond Pa. Et l'autre bonne nouvelle, c'est que leur répertoire ne cesse de s'enrichir.

Dring! dring!

En se dirigeant vers le combiné, Ma attrape une demi-baguette de pain.

Dring! dring! dring! dring!

Telle une chef d'orchestre, elle se met à battre la mesure. Par son geste, Ma indique à ses fils que leur concert est apprécié.

Dring! dring! dring! dring!

Et qu'il pourra se poursuivre.

Dring! dring! dring! dring!

Même quand la sonnerie sera mise en sourdine.

Table des matières

Achevé d'imprimer
sur les presses de Litho Acme inc.